# Tomos
# Llygoden y Theatr
# a'r Seren Fyd-enwog

Caryl Parry Jones
a Craig Russell

LLUNIAU
*Leri Tecwyn*

Argraffiad cyntaf: ⓗ Gwasg Carreg Gwalch 2019
ⓗ testun: Caryl Parry Jones/Craig Russell 2019
ⓗ darluniau: Leri Tecwyn 2019

Rhif Llyfr Safonol Rhyngwladol:
978-1-84527-711-6

Cyhoeddwyd gyda chymorth Cyngor Llyfrau Cymru.

Cyhoeddwyd gan Wasg Carreg Gwalch,
12 Iard yr Orsaf, Llanrwst, Dyffryn Conwy, Cymru LL26 0EH.
Ffôn: 01492 642031
e-bost: llyfrau@carreg-gwalch.cymru
lle ar y we: www.carreg-gwalch.cymru

*Argraffwyd a chyhoeddwyd yng Nghymru*

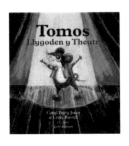

Helô eto ffrindiau!

Mae **Tomos, Llygoden y Theatr** yn ei ôl.
Ydach chi'n ei gofio yn achub y dydd
yn ei lyfr cyntaf? Roedd hi'n banics llwyr
gefn llwyfan ond diolch i Tomos, aeth y sioe
yn ei blaen ac roedd pawb wrth eu boddau.

A wyddoch chi be? Mae o wedi bod wrthi eto
ac wedi llwyddo i atal trychineb arall
...o drwch blewyn!

Mwynhewch ffrindiau a **HWRÊ** fawr
i Tomos Llygoden y Theatr.

Cofion,
*Caryl a Craig*

Syrthiodd Tomos i'r llawr o'i
wely bach clyd pan glywodd
o gnoc uchel ar y drws.

4

"TOMOOOOOS?"

Agorodd Tomos ei ddrws yn gysglyd
ac yno safai ei ffrind bach, Tedi Boi,
wedi cyffroi'n lân!

"Wnei di byth gredu beth wi
newydd 'i glywed!" gwichiodd
Tedi Boi, oedd yn wên
o un glust fach i'r glust fach arall.

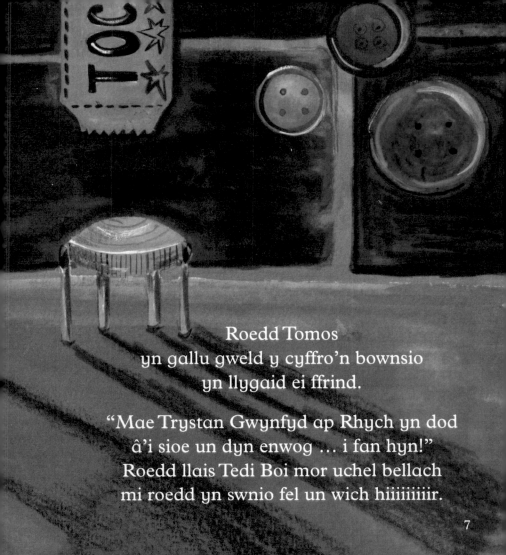

Roedd Tomos
yn gallu gweld y cyffro'n bownsio
yn llygaid ei ffrind.

"Mae Trystan Gwynfyd ap Rhych yn dod
â'i sioe un dyn enwog … i fan hyn!"
Roedd llais Tedi Boi mor uchel bellach
mi roedd yn swnio fel un wich hiiiiiiiir.

7

Agorodd ceg Tomos led y pen.

Trystan Gwynfyd ap Rhych
ydi'r rheswm mai llygoden y theatr
YDI Tomos.

Pwyntiodd Tomos at boster ar wal
ei lofft o actor lliwgar, mwy na mawr,
gyda'r gwallt mwy na'r mawr mwyaf.
"Dyna fo, Tedi. Fy arwr."

"Wi'n gwbod, Tomos.
'Na pam des i ma'n syth!"

"Ma' raid i mi'i gyfarfod o!"
gwichiodd Tomos.

9

Toc, roedd Tomos yn sefyll yn swyddfa
Mr Meilir, rheolwr y theatr.

"Plis, Mr Meilir, pyl-iiiiiiiiis?"

"Wel, os 'di o'n golygu y ca i 'chydig
o lonydd gen ti, iawn, mi gei di baratoi
stafell wisgo Mr ap Rhych.
Ond tân 'dani.
Fydd o yma ymhen dim."

11

Rasiodd Tomos drwy
Ystafell Wisgo Rhif 1
(oedd yn cael ei chadw ar gyfer y
sêr mwyaf), gan wneud yn siŵr
fod popeth yn ei le ar gyfer
yr actor mawr:

ffrwythau, siocled,
canhwyllau,
dŵr a drych
ANFERTH!

13

"Ma' fe'n dod, Tomos.
Cer i gwato GLOU!"
rhybuddiodd Tedi Boi.

"Cuddio? Pam fod raid i mi guddio?"

Agorodd drws yr ystafell wisgo
led y pen ac i mewn
yr hwyliodd neb llai na
Trystan Gwynfyd ap Rhych,
gyda'i was bach
yn dynn ar ei sodlau.

14

Cafodd Tomos ei wthio
y tu ôl i goes bwrdd
gan Tedi.

15

"Hmm. Go dda, wir," meddai'r actor
mawr mewn llais dwfn, soniarus.
"Mae'r stafell hon yn berffaith –
delfrydol i actor mor enwog
a thalentog â mi."

Gwenodd Tomos yn falch.

"Ond ble mae fy ngwyntyll?
Wiblyn, ble mae fy ffan?"

Aeth ei was bach, Wil Wiblyn, i banic.
"Fe gaf i un i chi yn syth, syr!"
meddai, a gwibio o'r ystafell.

Roedd Tomos
yn syllu'n syn a'i wefus isaf
bron yn cyffwrdd y llawr.
Roedd o'n methu credu ei fod
o mor agos at yr actor byd-enwog hwn.

"Mae'n rhaid i mi ddweud helô,"
sibrydodd wrth Tedi.

"Na, Tomos! Ti ffili!"

"Pam? Mae o'n licio be dwi
'di neud efo'r stafell. Fydd o'n
falch o 'nghyfarfod i, dwi'n siŵr."

"Na, Tomos.
Smo ti'n deall, 'chan.
Dyw e ddim yn —"

19

Ond cyn i Tedi orffen ei frawddeg,
fe ddwedodd Trystan mewn llais babi,

"O! Helô, fy ffrind bach blewog.
Sut wyt ti heddiw?"

Edrychodd Tomos ar Tedi.
Roedd ei arwr, ei eilun, yn siarad efo FO!
Cymerodd Tomos un cam bach
tuag at Trystan ond doedd ei droed
ddim wedi cyffwrdd â'r llawr cyn
i Trystan Gwynfyd ap Rhych
wneud rhywbeth syfrdanol.

Dododd yr actor byd-enwog
ei ddwylo byd-enwog
ar ei ben byd-enwog
a chyffwrdd ei wallt byd-enwog.

Ac yna fe gododd ei ddwylo'n ara' bach ...
a'i wallt hefyd!

Cydiodd Tedi yng nghynffon Tomos
a'i dynnu'n ôl.

"O, fy ngwallt annwyl," udodd Trystan
wrth iddo roi beth fu unwaith ar ei ben ar y bwrdd.
"Rwy'n gweld dy eisie yn ofnadw. Odw wir ..."

"Ma'n gwisgo wig!"
mwmialodd Tomos wrth Tedi Boi.

Mwythodd Trystan ei ben moel.
"Ble est ti, wallt annwyl? Ble est ti ar ôl
i'r llygoden 'na roi shwt ofan i ti
yr holl flynydde 'na 'nôl?
Un olwg ar y creadur dychrynllyd yna,
a mas â thi. Blewyn wrth flewyn.
Am byth! A nawr does i gen i ddim
ond yr hen garped 'ma am fy mhen."

"Dyna pam na ddyle fe dy weld di," sibrydodd Tedi wrth Tomos.

23

Cnoc! Cnoc! Cnoc! ar y drws.

Sgrechiodd Trystan.
**"Un funud!"**
ac o fewn hanner eiliad
roedd y gwallt smalio
yn ôl ar ei ben
sgleiniog.
"Dewch i mewn."

Ac i mewn daeth Wil Wiblyn
yn cario clamp o ffan fawr.

"A! Fy ffan fwyaf!" cyhoeddodd Trystan
gan rowlio chwerthin ar ei jôc (wael) ei hun.
Rowlio chwerthin wnaeth Wil Wiblyn hefyd,
nid am ei fod o'n meddwl bod y jôc yn ddoniol
ond er mwyn plesio ei feistr.

"Ry'ch chi ar y llwyfan mewn pum
munud, syr. Mae'ch cynulleidfa
yn aros yn eiddgar i'ch gweld
ac yn ..."

"Ardderchog. Rho'r ffan
'na i fynd, Wiblyn,
er mwyn i 'ngwallt i
ymarfer hedfan yn
y gwynt."

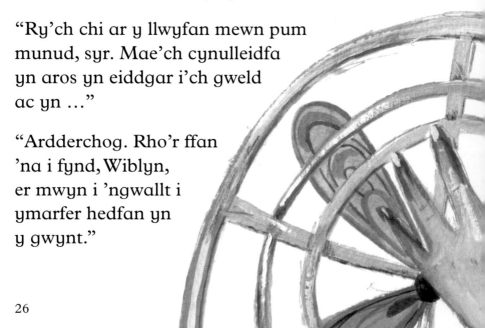

"Nawr cer, tra 'mod i'n cynhesu'r llais godidog hyn sy 'da fi."

Gadawodd Wil yr ystafell yn ufudd gan hanner moesymgrymu bob cam at y drws.

27

"La, la, la, la, la, mi, mi, mi, mi, mi.
O, rwy'n swnio'n berffaith.
Mae'n amser syfrdanu'r bobl!"

28

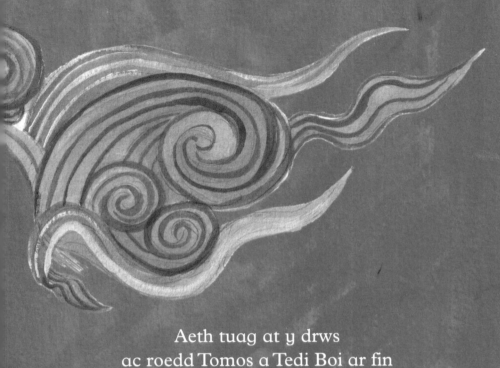

Aeth tuag at y drws
ac roedd Tomos a Tedi Boi ar fin
rhoi ochenaid o ryddhad pan ...

TRYCHINEB! Fe chwythodd y ffan
wallt smalio Trystan oddi ar ei ben!

Wrth i Trystan gau'r drws ar ei ôl
fe hwyliodd y wig yn araf i'r llawr
fel parasiwt, a glanio ar ben Tomos a Tedi.

"Ma' raid i ni neud rwbath," llefodd Tomos
wrth dyrchu ei ffordd 'nôl i olau dydd
drwy flew y mwng trwchus.
"Fedrith o ddim mynd ar y llwyfan
yn edrych fel 'na!"

"Ond Tomos, glywest ti fe –
ma' fe'n CASÁU llygod,
a rhag ofan bo' ti heb sylwi,
ti a fi … wel, ry'n ni'n llygod."

"Ma' gin i syniad,"
meddai Tomos,
a rowliodd Tedi
ei lygaid yn ei ben.

33

Doedd gan Trystan ddim syniad bod ei ben yn foel fel wy, ac fe lamodd yn hyderus drwy'r coridorau ac i fyny'r grisiau tuag at y llwyfan.

Ar ei ffordd,
fe basiodd lwyth o bobl
oedd yn methu credu
bod y byd-enwog
Trystan Gwynfyd
ap Rhych, gyda'i lond
pen o wallt byd-enwog,
yn FOEL!

Roedd Tomos a Tedi yn rhedeg nerth
eu pawennau ar ei ôl.

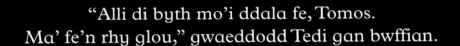

"Alli di byth mo'i ddala fe, Tomos.
Ma' fe'n rhy glou," gwaeddodd Tedi gan bwffian.

"Wn i am ffordd gynt!" meddai Tomos,
gan blymio i hollt rhwng y styllod.

37

Wrth i Trystan frasgamu'n
agosach at y llwyfan,
carlamodd Tomos i fyny peipen,

i lawr y llenni,

ar hyd silff,

ar draws cefn rhyw foi o Ruthun, ac oddi arno

ag un naid trapîs,
at y rhaff sy'n codi llen y llwyfan.

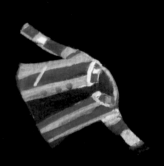

Roedd Tomos fymryn ar y blaen
i Trystan ac wrth i'r actor mawr basio
oddi tano, ac yntau'n hongian oddi ar y rhaff,
deifiodd y llygoden fach ddewr
ar ben Trystan ac ymestyn ei gorff
mor fawr ac mor llydan ag y medrai.

Yna gorweddodd yn fflat ar ben moel
Trystan Gwynfyd ap Rhych,
yn lle'r wig!

Gwelodd y rheolwr llwyfan bob dim,
a chan wybod bod Tomos wedi achub y dydd,
fe roddodd yr arwydd i godi'r llen.
Trawyd y llwyfan gan ffrwydriad o oleuadau
oedd yn dangos Trystan Gwynfyd ap Rhych
yn ei holl ogoniant. Cyn iddo hyd yn oed
agor ei geg, roedd y gynulleidfa ar ei thraed
a phawb wedi mopio gweld eu harwr yn fyw
o'u blaenau.

Roedd y sioe yn llwyddiant ysgubol
a'r gymeradwyaeth yn fwy swnllyd nag erioed
o'r blaen yn hanes gyrfa ddisglair
Trystan Gwynfyd ap Rhych.

Roedd y gynulleidfa yn ei GARU, ond doedd o ddim yn sylweddoli pam yn union roedd y noson wedi bod mor llwyddiannus. Nid y gynulleidfa'n unig oedd yn clapio, welwch chi.

48

Roedd y si wedi mynd ar led
am Tomos yn gorwedd ar gorun
Trystan ac roedd pob un llygoden
yn yr adeilad ymysg y bobl yn clapio
a gweiddi a chwibanu.

Dychwelodd Trystan i'w
ystafell wisgo, caeodd y drws
a dechrau siarad efo beth
oedd o'n ei feddwl oedd y wig
ar dop ei ben.

50

"Go dda, f'anwylyd. Perfformiad gwefreiddiol arall oddi wrthyt, whare te—" Ond cyn iddo allu gorffen ei frawddeg, fe welodd ei wig yn un domen ar lawr.

"Beth ar y ...?"

Cododd ei law
yn araf.
Rhoddodd blwc
i gynffon Tomos.
Rhoddodd
Tomos wich fach.

52

Trodd Trystan at y drych
ac fe roddodd yntau wich ANFERTH
pan welodd lygoden ar ei ben!

"Waaaaaaa! Mae llygoden erchyll
ar fy mhen hardd!"
Dechreuodd Trystan droelli a bownsio
o amgylch yr ystafell yn sgrechian,
gan drio'i orau i roi ffluch i Tomos.

53

Daeth Wil Wiblyn ar frys gwyllt
efo Mr Meilir y rheolwr ar ei ôl.

Gwaeddodd Trystan,
"Pliiiiiiiiiis, tynnwch y peeeeeeeeeth
'ma oddi arna iiiiiiiii!"

Wrth i Wiblyn geisio llonyddu Trystan,
gafaelodd Mr Meilir yn dyner
am Tomos a'i fwytho'n
esmwyth yn ei law.

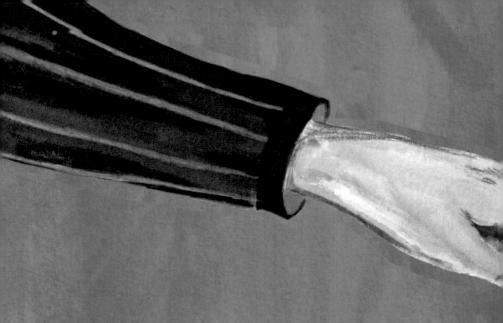

Bloeddiodd Trystan ar Tomos,
"Beth ar y ddaear oeddet ti'n ei wneud
ar fy mhen bendigedig?
Fy MHENdigedig, hyd yn oed?!"

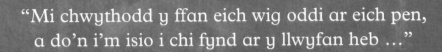

"Mi chwythodd y ffan eich wig oddi ar eich pen,
a do'n i'm isio i chi fynd ar y llwyfan heb …"

"Mae Tomos wedi achub y dydd, Mr ap Rhych,"
meddai Mr Meilir yn addfwyn,
"a dwi'n meddwl ei fod o wedi bod
yn rhan anferth o lwyddiant eich sioe."

Llonyddodd Trystan.

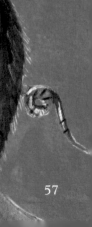

"Dwi'n sori, syr,"
dywedodd Tomos
yn nerfus.
"Glywis i be ddudsoch chi
am lygod a do'n i'm
isio'ch dychryn chi,
ond chi ydi fy hoff actor
erioed ac o'n i jest isio'ch
helpu chi."

Cofiodd Trystan
am y gymeradwyaeth
ac am bawb ar eu traed
am hydoedd.
"Wel, mi wnest ti
hynny'n bendant,
Tomos. Heno oedd
perfformiad gorau
fy ngyrfa …
Diolch."

Estynnodd Trystan
ei law.

Estynnodd Tomos ei bawen fach.
Ac ysgydwodd y ddau.

"Peidiwch ag ofni llygod, Mr ap Rhych,
'dan ni jest fatha chi … ond yn llai o faint …
ac yn fwy blewog."

Rhuodd Trystan Gwynfyd ap Rhych
chwerthiniad byddarol a dechreuodd
Wil Wiblyn a Mr Meilir rowlio chwerthin hefyd.
Rhedodd Tedi Boi i mewn
a gweld pawb yn eu dyblau.

Wrth i'r chwerthin dawelu, mentrodd Tomos,
"Ym … Mr ap Rhych …"

"O! pliiiiis galwa fi'n Trystan."

"Ym … Trystan, a bod yn onest, dwi'n meddwl
eich bod chi'n edrych yn well yn foel.
Ma gynnoch chi wyneb golygus ac os
oes 'na rywun sy'n mynd i edrych yn dda
efo pen moel, wel, chi 'di hwnnw."

"Wyt ti wir yn meddwl hynny, Tomos?"

"Yndw siŵr. A does dim gwahaniaeth
sut dach chi'n edrych; os mai moel ydach chi,
wel moel ddyliach chi fod.
Mae'n bwysig bod yn chi'ch hun, yn tydi?
Mae'n edrych yn cŵl!"

Cytunodd pawb.

"Cŵl, ie?" meddai Trystan.

"O! Cŵl iawn. Mor cŵl. Y mwya cŵl!"
meddai pawb yn un corws.

"Wel, os ydi Tomos yn gweud ei fod e'n cŵl,
wel pen moel amdani.
Diolch, Tomos, fy ffrind."

O'r dydd hwnnw,
roedd Trystan Gwynfyd ap Rhych
yn falch o'i ben sgleiniog di- flew,
a dechreuodd ei ffans siafio'u pennau
fel eu bod yn edrych yr un fath ag o!

Ac fel anrheg i Tomos ac i Tedi Boi,
fe roddodd Trystan ei wig iddyn nhw
er mwyn i'r ddau wneud nythod
moethus a chlyd iddyn nhw eu hunain.

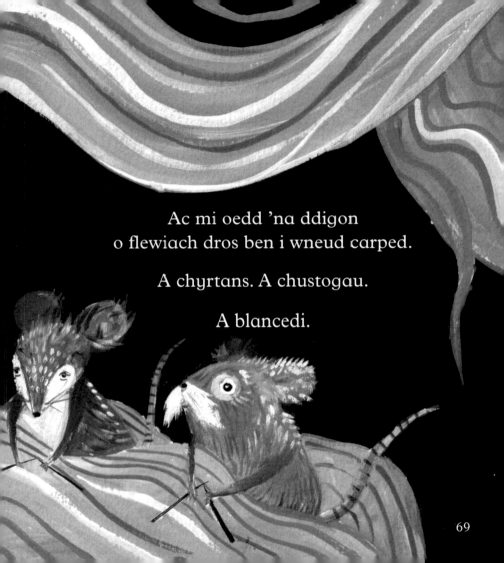

Ac mi oedd 'na ddigon
o flewiach dros ben i wneud carped.

A chyrtans. A chustogau.

A blancedi.

A gwasgod
newydd ...

i bob un llygoden
yn y theatr!

## Y Gyfres

Cadwch lygad yn agored am deitlau eraill
yng nghyfres Tomos y Llygoden pan fydd
ein ffrind bach annwyl yn cyfarfod ...

*... ffrind arbennig i'r Nadolig*

... a llawer mwy o gymeriadau lliwgar!